고공은 따로 있지 않다

동인시 **7**

고공은 따로 있지 않다 〈일과시〉 9집

인쇄 · 2018년 12월 15일 | 발행 · 2018년 12월 20일

지은이 · 조호진 이한주 오진엽 송경동 손상렬
　　　　서정홍 김해화 김용만 김명환
펴낸이 · 한봉숙
펴낸곳 · 푸른사상사

주간 · 맹문재 | 편집 · 지순이 | 교정 · 김수란
등록 · 1999년 7월 8일 제2-2876호
주소 · 경기도 파주시 회동길 337-16(서패동 470-6)
대표전화 · 031) 955-9111(2) | 팩시밀리 · 031) 955-9114
이메일 · prun21c@hanmail.net
홈페이지 · http://www.prun21c.com

ISBN 979-11-308-1395-0　03810

값 10,000원

〈일과시〉 9집

고공은
따로 있지 않다

조호진 이한주 오진엽 송경동 손상렬
서정홍 김해화 김용만 김명환

푸른사상
PRUNSASANG

우리가 노래하는 것은

김용만 시인이 위를 잘랐다. 전주 언저리에서 요양 중이다. 약속을 잡아 문병을 가는 데도 몇 달이 걸렸다. 시인은 문병 온 동인들을 나무랐다. 세상이 이리 아픈데, 시쟁이들이 시를 안 쓴다고……. 세상이 이리 아픈데 아프지 않으면, 그게 누구냐고. 물음에 답하기 위해 동인들이 다시 모였다. 우리는 우리의 게으름을, 염치없음을 인정해야 했다. 일하고 시 쓰고 세상을 아름답게 바꾸는 일이 시인의 본업이거늘, 이 핑계 저 핑계 직무를 유기했다.

1993년 '일과시' 1집 『햇살은 누구에게나 따스히 내리지 않았다』가 나왔다. 2005년 8집 『저 많은 꽃등들』을 냈다. 2014년에 '일과시 20주년 기념 시선집' 『못난 시인』을 펴냈다. 13년 만에 9집을 낸다. 오진엽 시인이 '일과시'의 긴 여정에 함께하기로 했다. 9집을 내며 동인들은 스스로에게, 동지들에게, 이웃들에게 다짐한다. 세상이 이리 아프니까 아프다고 소리 지르고 펑펑 울자고, 마음 독하게 먹고 싸우자고, 싸우다가 까무러치면 깨어나 다시 붙자고…….

  우리가 나약해지면 얻을 것은 실의와 좌절뿐이다. 우리가 이 아픈 세상에서 노래하는 것은 아픔을 견뎌내기 위해서가 아니다. 아픔의 근원과 싸우기 위해서다. '일과시'가 싸움을 멈추는 날은 오지 않는다.

2018년 겨울
일과시 동인

| 차례 |

| 차례 |

조
호
진

피아노
— 송경동 시인에게

깊어가는 가을밤에 물었다. 아들 뭐 하냐고 어떻게 먹고 사냐고. 벌써 대학생이 돼 피아노를 전공한다는 너의 말에 깜짝 놀랐다. 용산 참사로 희망버스로 세월호로 블랙리스트로 수배받고 연행되고 재판받는 너에게 또 물었다. 하필이면 피아노냐고 집에 피아노는 있냐고 물었더니 낙원상가에서 중고 피아노를 눈물로 샀다고 중고도 좋다고 아들의 꿈이 피아니스트라고 아들 뒷바라지 못 해 미안하다고 월세도 내야 한다고 너는 말했다. 시를 쓰려면 감미롭게 써서 달콤하게 팔아야 돈도 벌고 팬도 생기는데 비정규직 해고자와 한 패인 너의 시는 담쟁이론 오르지 못할 공장 굴뚝을 점거해 고공농성 중이다. 명문대 출신도 엘리트 운동권도 아닌 노동자 출신인 너는 운동권과 문단의 비주류인 너는 술 한잔할 새도 없이 '블랙리스트 책임자 처벌 2018 문화예술인 선언 및 대행진'을 조직하기 위해 새벽길을 떠났다. 정권이 바뀌면서 장관이 된 담쟁이 시인은 담장을 넘지 못한 채 그 담장 아래서 희희낙락인데 생계의 벼랑에 매달린 네가 떠난 새벽에 가을비가 내리는데 어디선가 피아노 소리가 들린다. 중고 피아노도 괜찮다고, 아들의 꿈이 피아니스트라고 누가 우는 건지 피아노를 치는 건지…….

거리 소년

— 톨스토이풍으로

너흰
집도 있고
부모도 있고
뭐든 다 있지만
난 혼자란 말이야

있긴 있었지
버리고 간 엄마와
술 취하면 때리는 아빠

너흰
학교와 학원
선생도 있고
뭐든 다 있지만
난 아무것도 없어

있긴 있었지
사고뭉치라고 쫓아낸 학교와
골통이라면서 외면한 선생이

세상엔

집도 많고
돈이든 음식이든
무엇이든 넘치지만
나에겐 그림의 떡이야

있긴 있어
버려진 거리에서
추위에 혼자 떠는 내가
쫄쫄 굶고 앵벌이 하는 내가

왜 삥 뜯었냐고?
왜 나쁜 짓 했냐고?

손 벌리면 손만 추워서
쪽팔려도 배만 고파서
가진 돈 좀 달라고 한 거야

누군가

사랑 없이
봄이 올까요

사랑 없이
아이들이 태어날까요

희망 없이 과연
살아갈 수 있을까요

누군가, 사랑하기에
따뜻한 봄이 오는 거지요

누군가, 사랑하기에
아이들이 자라는 거지요

누군가, 울어주었기에
쓰러진 이들이 일어서는 거지요

10호*

　10호 처분을 받은 너는 억울하다고 했다. 아내를 병으로 떠나보낸 너의 아버지는 판사에게 선처를 호소했지만 돌아온 것은 무능한 아비의 등 굽은 눈물이었다. 너를 소년원에 보내고 객지로 떠나 공사판 떠돌이로 저녁을 술로 때운 너의 아버지는 면회도 가지 못한 아비를 용서해라 미안하다 술에 취해 울다 잠들고 까까머리 소년범 넌 신입방이 춥다고 했다. 죽은 엄마도 억울하고 노가다 아버지도 억울하고 10호 처분이 니기미 좆같다고 말했다. 엄마가 살았으면 면회 올 텐데, 하늘나라는 특별사면도 없나 밤마다 술에 취한 아버지는 억울한 게 아니라 못난 거라는데 독감 걸린 너는 아버지가 불쌍하다고 사랑한다고 보고 싶다고 이불 덮어쓰고 덜덜 떨며 홀아버지를 그리는 소년원의 겨울.

　* 장기(2년 이내) 소년원 송치 처분으로 소년범에 대한 최고 처분이다.

기다림

잡아
족친다고
봄이 오나

패고
가둔다고
꽃이 피나

때가 되어
오신 봄처럼
마침내 핀 꽃처럼

버림받은
상처 아물면
슬그머니 손잡겠지

언젠가 꽃 필 그대
봄꽃보다 더 아프게 필
그대 언젠가 활짝 피겠지

소년의 눈물

날 왜 버렸냐고
버릴 거면 왜 낳았냐고
이대로 놔두란 말이에요
이렇게 살다 죽을 거예요

보호시설 탈출했다가
보호관찰 대상이 된 소년
5호 처분* 보호소년이 운다.

너무 일찍 떠나버려
기억도 안 나는 엄마
자식 곁엔 일할 곳 없어
객지 공사판 떠도는 아빠

엄마 아빠가 해준 게 뭐야
내 몸 맘대로 굴리겠다며
성매매하다 소년원 간 누나

다 지우고
다 미워하고
다 그리워하다 잠든 밤

* 2년간 장기 보호관찰.

무료 급식소에서

한 끼니
식판 밥 얻어먹기 위해
줄서서 눈치 본 적 있나요

급식 밥이 떨어졌으니
그만 돌아가라는 말에
끊긴 줄에서 오도 가도 못한 채
급식 창구를 째려본 적 있었나요

그런 적 없으면
서러운 밥에 대해
누추한 목숨에 대해
왈가왈부하지 마십시오

삶

나는 살아야 했다

어린 자식과 함께

이
한
주

일과시 2
— 9집, 합천

3년 만에
남들 다 쉰다는
토요일 만나는데도
오전 열 시도 아니고
오후 다섯 시도 안 되고
끝내 자정을 넘기고서도
다 모이지 못하는 일과시
30년 쉬지 않고 몸을 팔아도
단 하루를 온전히 사지 못해
노동이 시가 되지 못하고
시가 혁명이 되지 못하는 시대
읽기 좋게
제목 크기 14
본문 11
오른쪽과 왼쪽 여백 각 60
글자모양 함초롬바탕
제목과 본문 4칸

합천 농부 정홍 형이 일러준 대로
다시 노동을 쓴다

몸이 기억하고 있다

74일 동안 광장을 떠돌다가
늦은 여름이 겨울 되어서야 돌아왔건만
누구 하나 버선발로 뛰어나오지 않는다
등 떠밀려 들어온 바짝 약이 오른 파업 복귀
한 놈만 걸려라 도끼눈 치켜뜨는데
급하게 벗어놓았던 작업복은
자다 나온 듯 뒷머리 긁으며
이제 오냐고 한다
마치 어제 저녁 퇴근했다
오늘 다시 출근하는 것처럼
행로 수첩도 시간표도 가방도
모두들 제자리에서
까딱 고개만 돌려 맞는다
내가 없는데도 갱의실 불이 꺼지지 않는 게
서운하기만 한데
새벽 출근길이 끔찍하기만 한데
지하 구간이 낯설기도 하련만
두어 달 만이니 적응할 시간을 달라고
투정도 하고 하소연도 하고 협박도 하면서
웅크린 마음 펴질 시간이 필요했는데
빌어먹을
덜컹이는 운전실

벗어나고만 싶었던 그놈의 운전실을
성격 급한
몸이 먼저 자리 잡고 앉는다

외눈박이

20년 넘게 차를 타면서
수천 번 수만 번
전동차 출입문을 열면서
내리실 문이 왼쪽인 화서역
나는 그 오른쪽 풍경을 모른다

성균관대역을 지나면
오감이 먼저 왼쪽으로 기울어
모두들 타고 내릴 때까지
9-3 출입문 쪽 삐뚤게 걸린 현수막까지
별걸 다 참견하면서도
고개만 돌리면 볼 수 있는
화서역 오른쪽 풍경을 나는 모른다

전동차 차장인 내게
화서역 오른쪽은 금단의 구역
눈길을 주다가
잘못 오른쪽 문을 열면
안전판이 없는 그곳은 낭떠러지

화서역 오른쪽에도
가지 많은 나무 바람 잘 날 없겠지

세 번째 나무에 집을 짓는 새는 없더라도
그래도 그곳에 개나리는 피겠지
봄은 오겠지

꼼꼼 바느질

노동자가 아닌 아내는 꿈을 꾼다
돈 많이 벌어서
아이들 집 사주고 차 사주고
그놈의 돈 때문에
우리 아이들 기죽이고 싶지 않아
사장님인 아내가
기를 쓰고 미싱을 밟아댄다
수원 정자시장 초입 진로마트 위층
운명철학관 옆 205호
달랑 미싱 한 대 니은바리 한 대
허리 휘게 밟아댈수록
파랗고 누런 돈 대신
눈치 없는 옷들만 깔깔거리며 쏟아지는
꼼꼼 바느질

시인

용만 형 시를 보면

울컥 울컥

나도 시인이 된다

시를 멋들어지게 지어야만 시인인가?

내 삶이 그의 시에 있어

시를 읽고

같이 울어본 적 있어야

시인이지

붕어빵

집 앞 길모퉁이 포장마차
코 묻은 돈 내미는
고사리 손들을 위해
붕어빵 사장님
언 손을 호호 불며
시를 쓴다

두 마리 1,000원
한 마리는 300원

안부

일주일에 한 번
전화기 저편에서 들리는
작은형 표정에 맞춰
팔순의 엄마는

또 일주일을 산다

돌아오지 않는 봄

— 조은화 허다윤

돌아오지 않는 너를 안아보고 싶어
유가족이 되는 게 소원인 엄마와
못 알아볼까 봐
다시 수염을 깎는 아빠에게
아직도 너는 열여덟

한 살 두 살
나이를 먹어가는
또래들의 봄날은 가도
네가 돌아올 때까지
해마다 되돌아오지 않는 우리들의 봄

오
진
엽

나를 데리고 사는 여자

글자나 부리며 놀 줄은 알아도
두꺼비집 열어볼 줄 모르는 남자랑 살면
깜박깜박 약 올리는 형광등을
알아서 갈아 끼울 줄 알아야 한다

비가 내려 천장에 빗물 뚝뚝 떨어져도
아무렇지 않게 대야를 받쳐놓고
시가 고이길 기다리는 남자랑 살면
뻥 뚫린 가슴은 혼자 때울 줄 알아야 한다

공과금 얼마나 내는지 몰라라 하면서
고지서 뒷면에 시를 끄적이는 남자랑 살면
지로용지에 애통 터지는 홧병도 함께
기한 내 납부할 줄 알아야 한다

돈이 안 되는 글만 쓰면서
택시 거스름돈 챙기지 않고
노점에서는 절대로 흥정 않는 남자랑 살면
남들보다 계산이 밝아야 한다

내 시 한 줄마다
시답지 않은 남자를 데리고 사는
아내가 있다

밥

문자가 날아왔다

－언제 집 오는거?

안 알켜줌

－머시라, 밥 안 준다

알았어 일곱 시까지 갈게

밥그릇이 아슬한 때에
아내도 밥으로 제압한다

아무것도 모르는 아내와
딸린 아이들 생각에
국물을 떠먹어도 목이 메인다

부추 꽃

텃밭에서 보았다
미처 뜯어 먹지 못한 것들
머리에 하얀 면류관

그동안 왜 몰랐을까
살려두면 저리 예쁜 꽃
피우고야 마는 것을

싸움의 고수

한바탕 싸움 끝에
우리는 각방만 쓰는 게 아니라
며칠째 말도 섞지 않았다

먼저 말 걸면 지는 양
서로가 성문처럼 굳게 빗장 걸고
쉽게 끝나지 않을 싸움인데

끼니때 되면 어쩌자고
저 사람은 찌개를 안치고
밥을 차려 내놓는가

결국 염치없이 밥을 먹고
고무장갑 끼고 설거지통 앞에 섰으니
아내는 손에 피 한 방울 안 묻히고
물 베는 칼로 나를 제압했다

환생

다시 태어나면
당신의 저울이고 싶다
아침마다 나를 딛고 올라서면
간절한 눈빛 외면하지 않고
그 마음 헤아려주고 싶다
나를 만나기 전 날렵했다던
53kg 눈금에서 꼼짝 않는
착한 저울이 되어
고생보따리 짊어지게 한
내 죄를 덜어내고 싶다

흥정

흥정이 붙었다

홍시 세 개에
이천 원 달라는 노점 할머니

이천 원에
홍시 두 개만 달라는 아줌마

서로 팽팽하다

비 오는 날 아침

빗방울 닿는 곳
건반이라도 있는 걸까
마당에
양철지붕에
감나무 잎사귀에
툭
톡톡
후두둑
빗방울마다 음계가 다른
건반을 튕기는데
쩽그렁
셋방 문간방에서 들려오는
불협화음

날품 파는 김 씨네
한바탕 하나 보다

목줄

묶여 있는 줄 안에
밥그릇이 있고
꼬물꼬물 젖을 찾는
새끼들이 있기 때문일까
바투 매어놓은 줄을 풀어줘도
벗어날 생각 없는 고향 집 누렁이

아들딸 손자들 다 자랐어도
여든을 넘긴 아버지
밭두렁에 매여 있다

송
경
동

광장은 열려 있다

오늘 난 편지를 써야겠어 전화카드도 사야겠어

고공은 따로 있지 않다

당신이 양심수

블랙리스트

역사의 광야에서

우리는 아무도 그 새벽을 떠나오지 않았다

약속 대련

광장은 열려 있다

아직도 거리에 있는 사람들이 있다
조계사 앞 정부종합청사 앞 열린시민공원 앞 국회 앞
또 어느 농성장에서
집으로 돌아가지 못한 사람들이 있다

아직도 눈물 흘리는 사람이 있고
아직도 굶고 있는 사람이 있다
고공으로 오르는 노동자가 있고
리어카 하나를 지키기 위해
온몸으로 좌판을 끌어안고 울부짖는 빈민들이 있다
헬조선 N포세대들의
고난과 절망이 끝나지 않았다

기억하라
아직도 촛불항쟁은 끝나지 않아
사회의 모든 곳에서 적폐와 싸우는 이들이 있다
언론의 공공성을 위해
교사 공무원의 온전한 노동 3권 쟁취를 위해
청정승가 구현 블랙리스트 진상 규명
비정규직 철폐를 위해
사드 배치 철회 핵발전소 건설 중단 평화협정 체결
양심수 석방 정치사상 표현의 자유 쟁취

공안기구 해체 생태사회 건설 여성해방 소수자 인권 보장
사회의 모든 곳에 도사렸던
차별과 독점과 부패와 비리와 특권과 폭력과 탄압에 맞서
모든 지역과 부문과 생활 속에서
구시대를 쫓는 항쟁이 이어지고 있다

기억하라
박근혜는 물러나지 않았다
김기춘 조윤선은 갇히지 않았다
이재용은 구속되지 않았다
오늘도 제2의 박근혜가 저 여의도 국회에 앉아
의원 행세를 하며 거드름을 피우고 있다
오늘도 제2의 김기춘이 권력을 사유화하고
어디에선가 우리를 감시 사찰하고 있다
오늘도 제2의 이재용이 저 강남 네거리에 드글거리며
우리 모두의 평화와 기회와 꿈과 노동을 착취하고 있다
작은 박근혜들이 총명한 김기춘들이 이재용 키드들이
다시 또 집권과 독점과 비리와 특권을 위해
야합과 유착과 공생과 공모를 일삼고 있다
그들은 우리들 생활 속에도 들어와 있고
우리들의 마음속에도 들어와 있다

그 모든 적폐를 청산하라
모든 차별을 폐지하라
모든 불의를 추방하라
모든 억압을 해방하라
모든 독점을 특권을 해체하라

오늘 난 편지를 써야겠어 전화카드도 사야겠어*

전 재산 삼만 원
'쏘주'를 스무 병 정도 사서
뇌를 마비시켰다고 했다
남은 돈은 이천칠백 원
일일이 동지들께 전화드릴 돈이 없다고
당장 굶게 생겨 만 원도 이만 원도 좋으니
조금씩만 부쳐주면 좋겠다는 메일이
마지막이었다. 빈 술병들이
우리는 모르는 일이라고
이리저리 흩어져 있는 인천의 지하 셋방
그가 문턱보다 조금 높게
목을 빼고 사람들을 기다리고 있었다. 발전소 정규직 노
동자로
혼자 잘 사는 게 미안해 그만두고
'노동의 소리'에서 현장 영상 활동가로 살던
숲 속 홍길동이었다
마석모란공원 묘 쓸 형편이 안 돼
납골당에 안치했다

오랜만에 전화한다고
감을 떼어다 팔아보고 싶은데
충북 영동에 아는 사람 있음

소개해달라고 했다
만성혈전증 하혈을 자주 해
아이들용 기저귀를 차고
노점 일을 한다고 했다
몇 년째 빠진 앞니 자리를 채울 돈이 없었다

오후 9시 반까지는 하루치라도 내야
여관 달방에서 쫓겨나지 않는다고
여관 주인 핸드폰을 빌려
돈을 조금만 부쳐달라는 전화가
마지막이었다고 했다. 밤 11시 경찰이 출동해보니
여관방에서 피를 쏟은 채 쓰러져 있었다. 혁이였다
용산 참사 현장에서 함께 살고
강남성모병원 비정규직 투쟁
KTX 여승무원 투쟁
비정규직 철폐 전국 자전거 행진도 함께했던 씩씩하던 이
2009년 시청 앞에 맨 처음으로 노무현 분향소를 차리고
시민 상주 역할도 했던 이
혁이도 마석모란공원 납골당에 안치되었다

어느 날 문자가 하나 들어와 있었다
자신은 극단 ○ ○ ○의 누구인데

내 시집 제목『사소한 물음들에 답함』을 따서
연극을 한 편 만들었다고
혹 시간이 되면 보러 와달라고 했다
연극이 끝난 후 그가
자신의 오빠가 '윤활유'라고 했다
작은 조경회사도 하던 건실한 시민
윤활유는 2008년 광우병 촛불항쟁 당시
'안티 MB' 카페지기였다
항쟁 후에도 MBC 정상화 투쟁 등
촛불 시민운동의 주요 리더로 헌신했다
일당 칠만 원을 받으며
일요일도 없이 조경일을 다닌다고 했었다
바쁜데 오지 말라고
자신은 세우지 못하고
간암으로 쓸쓸히 쓰러져갔다
촛불 시민들이 마음을 모아
마석모란공원에 간신히 봉분을 만들어주었다

그러고 보니 우리 모두가
왁자지껄 한 자리에 있었던
잔치 같던 날도 있었다
2008년 10월 21일

기륭전자 앞에 기습적으로 망루를 쌓고 오를 때
숲 속 홍길동은 카메라를 들고 분주히 뛰어다니고 있었고
혁이는 건설 일용노동자 출신답게 망루 위로 뛰어 올라가
아시바를 열심히 받아 쌓고 있었고
윤활유는 치고 들어오는 경찰들과 힘써 맞붙다
한 눈이 실명되는 부상을 입고 앰뷸런스로 실려갔다
나도 그 자리에서 표적 연행당해 끌려가
간신히 구속영장 기각으로 나오긴 했지만
나는 비겁하게 살아남았고
오늘도 여전히 비루하게 살아가고 있다
나도 나중엔
누군가에게 전화를 걸게 될까
혹 만 원이라도 이만 원이라도
부쳐줄 동지들이 남아 있을까
감을 싸게 떼다 팔 곳을 소개해줄
친구가 남아 있을까

* 꽃다지의 노래 〈전화카드 한 장〉 중에서.

고공은 따로 있지 않다

우리 모두는 고공을 산다
오늘로 16일째
네 번째 단식에 들어간 쌍용차 해고자
김득중의 깎여진 볼과 졸아든 위벽이 오르고 있는
홀쭉한 고공도 있고

오늘로 126일째
두 번째 굴뚝 농성에 들어간
스타플렉스 해고자 홍기탁과 박준호가
75m 아래 지상에 내려놓은
밧줄 하나의 가느다란 고공도 있고

오늘로 195일째
전주시청 앞 조명탑 위에서
역시 두 번째 망루 농성 중인 전주택시 털북숭이 유인원
김재주의 닭장 같은, 딸은 알고
어머니는 모르는 고공도 있지만

평지라고 고공 아닌 곳이 없다
고공으로 치솟는 집값 땅값 전셋값 월세
지상에 집 한 칸 갖지 못한 세입자들이 되어
출근할 공장 하나 사무실 하나 갖지 못한 실업의 축 늘

어진 걸음이 되어

　5년 안에 80%가 거덜나는 위태로운 24시간 풀타임 영세자영업자가 되어

　개 사료 값도 안 되는 쌀값에 아스팔트를 오르내리는 농민이 되어

　어려서부터 순위 경쟁에 쫓기며 잔업철야의 학습노동을 해야 하는 청소년의 삶

　더 가팔라진 가부장제 성폭력 아래 짓밟혀야 하는 여성들의 삶

　요양원에라도 갇히면 다행 고독사가 다반사인 노령의 삶들까지

　그 어디에도 안전한 곳이 없는 이들의 자살공화국

　나날이 농성 아닌 삶이, 투쟁 아닌 삶이, 저항 아닌 삶이

　그 어디에 있는가

　그렇게 누구도 나를 자르지 않는데도

　이 세계로부터 근원적으로 해고당한 듯한 슬픔의 고공

　서로가 서로에게 절벽이 되고 외면이 되고 칼날이 되고

서글픔이 되는 단절의 고공

　언제든지 나는 이 세계로부터 계약 종료

　계약 해지 당할 수 있다는 절망의 고공

이 고공에서 우리 이제 그만
내려와야 하지 않겠는가
그 누구의 삶과 영혼도 뿌리 뽑히지 않는
평등 평화의 평지를
다시 일구어야 하지 않겠는가

당신이 양심수

최저임금에 간신히 턱걸이하는 노역에 시달린 후
반지하 방으로 순순히 걸어 내려가는
당신이 양심수

대학 학자금 대출은 언제 갚나
실업의 번호표 달고 면접장 밖에서 기다리다
저물녘 고시촌 계단을 오르는
당신이 양심수

평생을 일해도 가질 수 없는 집
전세대출이라는 늘어나는 죄를 한가득 안고
또다시 낯선 주소지로 이삿짐을 꾸리는
당신이 양심수

요양병원이라도 보내지면 다행
사회를 위해 한평생 일했지만 오갈 곳 없는 신세
단칸방에서 누렇게 뜬 채 고독사한
당신이 양심수

그 모든 불의와 차별과 배제 앞에서도
오늘도 끝내 희망을 버리지 않고 묵묵히 살아가는
우리 모두가
진짜 양심수

블랙리스트

괜한 노파심이겠지 하지만
촛불항쟁이 끝나고
새로운 시민정부가 들어서고도
전화기가 자꾸 지지거린다
자꾸 끊기고 토막 나고 먹통이 난다
누가 나를 또 사찰 검열하고 있는 걸까
누가 나를 엿보고 엿들으며
내 의식의 저변을 기록하고 있는 것일까

녹취가 될 수도 있으니
법망에 걸리지 않는 말을 골라야 한다
구체적인 사람 이름은 특히 피해야 한다
숨은 연애라도 해볼 참이면
핸드폰 밧데리를 아예 분리하고
먼 길을 몇 바퀴나 돌아 약속 장소로 가야 한다
메일을 보낼 때도 내용을 다시 봐야 하고
가난한 살림이지만 몇 달에 한 번은
컴퓨터 하드를 통째로 들어내야 한다
신용카드 한 번을 쓸 때마다
이건 어떤 증거로 쓰여질까를 고민하고
다행히 차오를 틈 없이 늘 바닥인 통장 잔고가
나의 결백을 증명하는 증거가 될 거라 믿어본다

올해는 몇 번쯤 어떤 기관이
내 핸드폰 내역 조회를 했을까 궁금하고
올해는 몇 번쯤이나 기소될까 움츠러든다

이런 걸 자기 검열이라고 하는구나

이러다가 사람이 미치기도 하고
이러다가 사람이 목을 걸고
이러다가 사람들이 보수화되고
이러다가 사람들이 꿈을 잃고
이러다가 사람들이 알아서 체제에 순응해가는 거구나
이러다가 사람들의 시가 소설이
연극이 영화가 미술이 춤이 사진이
맹탕이 되기도 하는구나
이러다가 세상이 경찰국가 독재국가가 되고
이러다가 세상이 웃음이 사라진 무덤이 되는구나 하는
쓸쓸한 생각

역사의 광야에서
— 2018 민족민주열사 범국민추모제에 부쳐

역사의 공치사는 필요 없다
보상이나 바라는 마음도 무용담도 간지럽다
벌써부터 항쟁의 열매나 쫓는 자에겐
미래가 없다

이명박근혜 구속은
혁명의 작은 부분일 뿐 전체가 아니다
정권 교체는 어쩔 수 없는 현실의 선택지이자 경과일 뿐
항쟁의 종결부가 아니다

구조를 바꾸라 했지
인물을 바꾸라 하지 않았다
새로운 사회와 윤리를 세우라 했지
새로운 집권층을 세우라 하지 않았다

남북정상회담 종전선언 평화협정
한반도 비핵화로 가는
더 튼튼한 역사의 철로도 놓아야 하고
우리 마음속 구석구석에도 드리워진
모든 낡은 분단의 선을 함께 넘는
더 많은 결단과 실천이 필요하다

삼팔선만큼이나 완고하고 겹겹으로 무장된
자본의 독재와 독점도 걷어내야 한다
모든 차별과 고통의 근원인
자본의 시대와도 결별해야 한다

그들을 위해 부역하는
썩은 여의도 정치와 관료사회와
전문직 상류층의 적폐가 도려내져야 한다

1100만 비정규직의 항쟁이 다시 필요하고
모든 빈민들의 단결과 궐기가 필요하다
모든 마을과 일상에 직접 민주주의의
흔들리지 않는 자치 조직과 기지가 세워져야 한다
우리 안에도 스며든
잘못된 관습과 세계관의 폐지를 선언하고
우리 안의 모든 갑질과 차별과 특권을 추방하고
우리 스스로 새로워져야 한다

우리는 아무도 그 새벽을 떠나오지 않았다

그때 우리의 눈에서도 불이 타오르고 있었다
서로의 눈을 바라볼 수 없었다
이를 어쩌나, 수많은 눈물샘들이 열렸지만
그 뜨거운 불을 끌 수는 없었다
검게 탄 시신에서 멀쩡한 라이터와 지갑들이 나왔다
죽인 자들이 재차 강제 부검으로 시신을 훼손했다
죽은 자들은 하루아침에 과격분자들이 되고
테러리스트가 되고 건설 브로커가 되었다
5조 원의 개발이익이 저지른 살인극이었다
한강 르네상스라는 정치적 치적을 위한 번제물이었다
민간을 향한 국가의 도심 테러극이었다
용역깡패와 경찰과 관의 전광석화 같은 합동작전이었다

생계를 위해 올라갔는데 생을 빼앗겼다
생활을 쫓아 올라갔는데 생명을 도난당했다
마지막 희망을 안고 올라갔는데 잿더미밖에 남지 않았다
쯧쯧, 사람들은 자신들이 불타 죽은지 몰랐다
불쌍해라, 사람들은 자신들의 오늘이 철거당하고 있는 것을 몰랐다
어떡해요, 사람들은 자신들의 미래 역시 허물어진 것을 몰랐다
친구가 친구를 불태워 죽였다고 했다

아들이 아버지를 불태워 죽였다고 했다
진압 책임자는 일본영사로 의원후보로 한국공항공사 사
장으로
쉬지 않고 영전되고 있었다
철거민들만 기나긴 옥살이를 해야 했다
한강 르네상스는 모든 게 사기였음이 드러났다
진실은 아직도 용산 4가 남일당 골목에
폐허가 되어 버려져 있다

제2의 용산이 고공철탑으로 광고탑으로 망루로
다시 쫓겨 올라가고 있다
제3의 용산이 불타 죽고 목매 죽고 수장당하고 있다
제4의 용산이 다시 쫓겨나고 밀려나고 끌려가고 있다

우리는 아직도 그 현장에 서 있다
아무도 그 새벽으로부터 떠나오지 않았다
언제고 우리는 그 새벽을 다시 오를 것이다
그 새벽의 이웃들을 구하기 위해
그 새벽의 간절하고 소박한 꿈들을 구하기 위해
민중들의 망루를 지키기 위해
우리들의 새로운 집이 세워지는 그날까지
용산 학살의 책임자들이 역사의 심판대에 세워질 때까지

우리는 언제까지나

2009년 1월 20일

그 새벽에 함께 서 있을 것이다

약속 대련

경찰 차벽을 넘어가기 위해
광우병 촛불 때는
압축 스티로폼을 쌓아보기도 했다
청계천 건축자재상가 기계공구상가를 다 돌며
가장 굵은 동아줄을 사와서 끌어내 보기도 했다
한진중공업 희망버스 때는
모래주머니를 쌓아보기도 했고
그보다 훨씬 일찍인 이라크 파병 반대 때는
창문을 깨고 들어가 시동을 걸어보기도 했다
운전석 창문을 깨고 곤봉이 날아들었다
차벽을 넘어 연행을 결의하는 100인을 조직하자고도 해
봤고
차벽 창문마다 창살 속에 있는 박근혜 사진을
패러디해 소극적으로 붙여보기도 했다

그럴 때마다 용을 쓰며 궁금한 것은
왜 지도부는 차벽이 서기 전에
사람들로 하여금 그 너머로 들어가라고
지시하지 않는가였다

손
상
렬

변명

당신을 보면 미안합니다
당신이 아플 때 모른 체하고
내가 괴로울 때 알아주길 바란 것이 미안합니다

당신에게 미안합니다
당신이 외로울 때 따뜻한 말 한마디 건네지 못하고
마음만 미안하다고 말했던 그때가 그저 당연했다는 듯
지내온 날들이 미안합니다

당신이 그리워할 때
품을 떠나며 자유로웠노라 노래 부르고
당신이 보고파할 때
떨어져 사는 일이 당연하다고 위안하며
당신이 보듬은 진자리 누구나 하는 일이라 여기며

지난여름조차 기억하지 못하는 걸 비로소 알면서도
미안하다는 편지도
미안하다는 전화도
미안하다는 방문도 하지 못하고
가슴으로만 미안합니다 되뇐
그래서 오늘이 더 가슴 미어지게 미안합니다

혹서기

생애에 한 번도 없었다던 무더위에
실타래처럼 당신은 실파를 뽑아 다듬고
또다시 밭에 나가 실파를 뽑아 다듬는다
누구냐고 물어도 웃음만 지을 뿐
누구세요를 반복하며
그저 묻기만 할 뿐
기억 저편에 조각난 기억을 더듬으며
사십에 홀로 살다 돌아가신 외할머니가 자꾸 부른다며
어여 가보시란다

이것저것 핑계로
일 년에 고작 명절 때만 찾는 큰아들조차 알아보지 못하고
한여름 사방공사며
산판을 따라다니며 한 생애를 보내고도
참으로 남겨온 빵 한 봉지를
새끼들에게 건네며 허기를 희망으로 채운 그 여름날

당신은 가슴속에 남은 한 조각 기억 붙잡으려고
개망초 우거진 텃밭 실파 한 움큼을
부엌에서 텃밭으로
텃밭에서 부엌으로 나르며 마지막 여행을 하신다
실파 같은 기억 더듬으며

무더위 속을 오르내리던 그 옛날 강원도 산골
허기진 기억 속을 헤맨다

담쟁이넝쿨을 위하여

— 철근쟁이 아버지

언제나 하늘 높은 것 무서운 줄 알아야 한다고 말하시던
당신을 잊고
이만 칠천 일이 넘도록
아파트 벽을 타는 담쟁이넝쿨처럼
골조만 앙상한 계단 오르는
당신의 길이 신념이라 믿었습니다

끝끝내 살아남아 땅 딛는 것이
이기는 것이라 말하던 당신
흘러내리는 땀방울을 타고
천 길 벼랑 삼백예순여섯 날 잊으려 애쓰며
새벽부터 밤늦도록 하늘에 닿는 꿈

오르면 내려갈 줄 알아야 한다던
그래서 언제나 청춘이라 믿었던 시간이
가로등 사이로 성근 어둠 묻혀갈 때

날마다 벽을 타는 담쟁이넝쿨처럼
끝끝내 버텨낸
눈물 나도록 위태로운
닳고 닳은 작업복이 해바라기하는 오후

치악산 5
― 텃밭에 서서

개망초 흐드러진 텃밭을 보며
더 이상 아무것도 못하겠다는 어머니 말씀에
마음속엔 붉은 노을이 한창이고

삼백예순 날 하루도 빠짐없이
게으름을 몰아내던
손바닥만 한 땅뙈기조차 거친 기침 몰아쉬며
들깨 모가 아사하는 칠월

깊고 푸른 산 그림자 한가득
게으름을 몰고 온다

서
정
홍

손님

꽃 피는 봄날에

못난 시인

장수 할아버지

오늘은 그냥 잡시다

모자 이야기

최영란 씨

먹어서는 안 될 때

손님

나도 모르게 불쑥불쑥 찾아와
나를 흔들고 가는
쓸쓸함과 걱정 따위에
탐욕과 편견 따위에
마음을 빼앗겨 절망하거나
질질 끌려다니지 말아야지
지나가는 바람처럼
잠시, 아주 잠시
나를 찾아온 손님이라
잘 어르고 달래서 고이 보내야지

꽃 피는 봄날에

밤새 알레르기 천식으로

숨 넘어갈 듯 그렁거리던 아내가

새벽녘이 되어서야 겨우 잠이 들었습니다

갑자기 죽은 듯이 고요하여

아내 손을 살며시 잡아보았습니다

못난 시인

아내는 예슬이네 집에
고구마 두 상자 주문하고
8만 원을 보냈는데요
예슬이 어머니한테 전화가 왔습니다요

"언니, 고구마 두 상자 값이 7만 원인데
왜 8만 원을 보냈어요?
"머리는 7만 원인 줄 아는데
가슴이 자꾸 8만 원을 보내라 하네."
"아아, 나는 언니가 돈을 잘못 보낸 줄 알고."
"누가 알겠노, 농부가 농부 마음을 알지."
"알고 보니 언니가 진짜 시인이네."

두 사람이 주고받는 말을 들으면서
시 나부랭이나 쓴다고
거들먹거리며 돌아다닌 내 모습이
참 딱하게 보였다니까요

장수 할아버지

이놈들아, 보수고 진보고
주둥이만 살아서
쥐어뜯고 싸운다고 사람이 되겠냐?
땅에 발을 딛고
일을 해야 사람이 되지

오늘은 그냥 잡시다

씨감자 값 3만 원 보내야 하고
생협에 5만 원 보내야 하고
아아, 돈 줄 데가 한 군데가 더 있었는데?
아무리 생각해도 떠오르지가 않네
혹시 떠오르는 거 없소?
아아, 생각났어요!
3만 원 줄 데가 두 군데였잖아요
한 군데는 씨감자 값이고,
한 군데는 누구한테 빌렸다고 했는데
누구한테 빌렸지?
누군가 우리한테 3만 원 빌려주고는,
줄 때까지 마냥 기다리고 있지 않을까요?
아무튼 남의 돈 함부로 여기는 사람이라고
욕이나 안 했으면 좋으련만
큰일이네, 큰일이야!
날이 갈수록 기억력이 없으니
앞으론 무슨 일이든 적는 버릇을 들여야겠어요
이제 고민 그만하고
오늘은 그냥 잡시다, 여보!

모자 이야기

이웃 마을 열일곱 청년 농부 구륜이가
진주 시내 나들이 갔다가요
'아아, 저 벙거지 모자!
시인 아저씨 쓰면 잘 어울리겠네'
싶어서 모자를 샀대요

그 모자를 산 지
사흘이 지나고 나흘이 지나고
열흘이 지나고……

나를 만나기만 하면
선물로 줄 거라 잔뜩 벼르고 있다가
논두렁 옆에서 딱 만났지 뭡니까요

그런데 그 모자를 뒤에 감추고
한참 말도 없이 따라오더니
슬며시 모자를 내 손에 쥐여주고는
얼굴이 홍당무가 되어 달아났어요

그 모자, 쓰고 다니기 아까워
보물처럼 벽에 걸어놓았어요

최영란 씨

소나무 숲에 사는 최영란 씨는 정상평 농부의 아내고 구륜이와 효준이 어머니고 가까운 이웃입니다.

바쁜 농사철에 잠시 들렀는데 새참이라도 드시고 가라며 붙잡습니다. 내일모레부터 장마가 온다는데, 새참 먹을 틈이 어디 있냐며 뿌리치는데도 자꾸만 붙잡습니다. 못 이기는 척 작업신을 벗고 집 안에 들어가 새참을 먹는 사이에, 최영란 씨는 땀 냄새 거름 냄새 가득 배인 내 작업신을 두 손으로 잡고 탁탁 털고 있습니다. 작업신 안에 들어 있던 마른 흙이며 풀이며 거름 가루가 막 쏟아져 나옵니다.

새참을 먹다가 나도 모르게 눈길이 멈추었습니다. 하찮은 농부의 작업신을 두 손으로 잡고 깨끗하게 털어서 나란히 놓는 그 손 위에, 잠시, 모든 시간이, 멈추었습니다.

먹어서는 안 될 때

배가 부를 때
밥맛이 없을 때
소화가 안 될 때
의사가 먹지 마라 할 때
마음이 심하게 다쳤을 때
짜증이 나거나 화가 날 때

그리고

가난한 사람 밥그릇 가로챘을 때

김
해
화

철근 토막처럼

견디네

나자빠지겠는가
뒤집어지겠는가
고꾸라지겠는가
대성통곡을하겠는가
미쳐날뛰겠는가

녹슬면서
그러니그냥견디네

정선 가는 길

가장 가까운 길은 대각선이다
내가 사는 전라도 구례서 강원도 정선까지
그런 길이 있다
여기저기 돌아보고 말 것도 없이
이것저것 재보고 말 것도 없이
그냥 지도 위에 줄 하나 그어놓고 길을 나선다

나는 실은 정선 가는 길을 모른다
그곳에 내가 아는 사람이 살고
공치는 날 새벽에 일어나 앉았다가
갑자기 그이가 보고 싶었을 뿐이다

보고 싶다 보고 싶다
가장 가까운 길 말고 이 간절함을 뛰어넘어
내가 알아야 할 또 다른 길이 무슨 소용 있는가

가까운 길에는 넘어야 할 산이 많다
가까운 길에는 건너야 할 냇물이 많다
가까운 길에는 건너갈 수 없는 들판이 많다
그 곳곳마다 지나칠 수 없는 꽃들이 피어 있다
내비게이션은 그것을 모른다
꽃은 사랑과 같아 가끔 눈을 멀게 만들어 길을 잃는다

들꽃에게 산으로 가는 길을 묻고
산에 핀 꽃에게 냇가로 가는 길을 묻는다

길만 따라가서는 닿을 수 없는 곳
정선에는 오랫동안 만나고 싶었던 사람이 산다
얼마나 많은 사랑과 그리움을 간절하게 이어가야
그리운 곳에 닿을 수 있는가
가까운 길은 그러느라고 오래 걸린다

열여섯 살 소녀가 열여섯 살 소녀에게

옥례 언니
나는 지금 솔치재 너덜갱에서
구례서 순천으로 가는 적을 기습하라는 명령을 받고
동지들과 함께 잠복 중이여
열여섯 옥례 언니가 구장 놈 앞세워 들이닥친 면서기한
테 끌려간 1939년 봄
그해 나는 여섯 살이었어
그새보 10년이 흘러서 나는 열여섯 언니만 한 소녀가 되
었네
사람들이 나보고 언니 탁했다고 해

1945년 왜놈들은 연합군헌티 항복을 허고 물러갔지만
끌려간 언니는 살았는지 죽었는지 소식도 없고
남한은 미군이 점령군으로 들어와 왜놈 세상이 미국놈
세상이 되었어
잠깐 해방의 깃발이 올랐을 때 왜놈 앞잡이 구장 놈이랑
면서기 놈
인민위원회 청년들이 시원허게 몽둥이로 때려 죽여부렀
다네

언니 난리가 났어
제주도 사람들이 남한 단독선거 반대 깃발을 들고 인났

는디

　그 제주도 사람들 진압하라는 명령에 우리 민족에게 총을 겨눌 수 없다고

　여수서 14연대 군인들이 반란을 일으켜서 기차로 서울까지 갈라고 치고 올라가다가

　학구서 국군한티 막혀서 기차가 더 못 갔대

　14연대 군인들은 백운산으로 가고 조계산으로 가고 지리산으로 가고 백아산으로 가고

　용길이 아재랑 동섭이 오빠도 산으로 갔어

　만주서 독립군 잡는 왜놈 장교였대

　그놈이 국군 장교가 되어 몰고 온 진압군이 우리 동네 진을 치고

　남자 여자들 닥치는 대로 빨갱이로 몰아 쏘아 죽였어

　시집갈라고 날 잡아놓은 순임이 언니는 잡혀가서

　얼마나 많은 놈들이 짓밟고 죽였는지

　속옷도 못 입고 피투성이로 잉끄라져 당산나무 아래 내던져진 것을 보고

　날 어둡자마자 명순 언니 따라서 뒷산을 타고 도망쳐부렀그만

옥례 언니
언니는 왜놈들한티 끌려간 열여섯
나는 진압군을 피해 도망 나온 열여섯
열여섯 언니가 왜놈들에게 끌려가
어떤 세상에서 무슨 일을 당했는지 나는 몰라
그런디 열여섯 나는 지금 당당하게 총을 움켜쥐고 적과
싸우는 전사
어디에서건 언니도 당당하게 왜놈들 세상과 맞서 싸웠
을 거야
얻어맞고 찢어지고 짓밟히면서도
오똑오똑 되일어서서 대들고 맞서고 꼬집어 뜯던
언니는 끝끝내 싸나운 옥례 언니였을 거야
글재 나도 글거든

내가 매복한 너덜갱 바위틈에
하얀 꽃들이 피었네
이 꽃이 만주바람꽃이라고 아까 어떤 동지가 알려줬어

여러해살이 꽃은 고향을 찾아온 영혼들이 뿌리를 내린
거시다네
만주에서 스러진 어느 조선 사람의 영혼이 여그까지 걸
어와

만주바람꽃이 되었능갑다고

언니가 살았는지 죽었는지 모르지만
나는 전사니까 싸우다가 죽을 거시여 그러겄재
내 영혼도 고향으로 걸어 돌아갈 수 있을까
그러면 나는 히어리가 될라네
혹시 언니거나 또 다른 누구 영혼이라도
고향 찾아오다가 길 잃지 마라고
봄이면 노란 꽃등불 주렁주렁 켜놓을라고 말이여
그렇께 언니 꼭 봄에 와 알았재

퇴마

추락 방지 난간도 없고 중간에 추락 방지망도 없다

그래도 안전 점검은 언제나 무사 통과다

노동자들 안전모만 쓰고 있으면 된다

영채 형은 고소공포증 아직 젊은 경수는 위험한데 쓰기에는 아깝다

나는 살 만큼 살았다 3층 높이 난간 철근을 조심조심 엮고 일어선다

누군가 무엇인가 안전모를 탁 친다 힘세다

휘청밀려넘어졌다무너진다대책없다끝났다조쪠야부렀다뒤로넘어지면서바깥으로떨어진다참혹하게죽을것이라고깨닫는다갑자기모든것이슬로모드다

철제빔에무언가보인다녹슨천사의손인가악마의빛나는비웃음인가저승사자의앙상한모가진가손을쭉뻗으니콱손에잡힌다힘껏잡아당긴다몸중심이잡혔다안죽고살았다

씨발 있어서는 안 될 곳에 그놈 악마가 있었다

내 안전모를 탁 쳐 나를 삶으로부터 밀어낸 놈

나는 삶과 죽음의 갈림길에서 그 악마를 발견하고 손을 뻗어 힘껏 멱살을 움켜쥐었다

경수야 오늘 일 집어치우고 소주나 한 잔 해야 쓰겠다야

나는 맥이 풀려 철근 위에 주저앉고

놀란 형틀반장은 서둘러 철제빔에 박혀 있던 볼트를 뽑아낸다

악마는 제거되었다

최 씨 형님

삶이 쇳덩인데
눈이라도 인간의 눈으로 남겨두려고
밤마다 울었네
눈이 녹슬면 녹슨 쇳덩이밖에 볼 수 없거든

열여덟부터 시작해서 사람 다섯을 만나고 헤어졌어
다 잊었어
형수는요
그이도 갔어 그러고는 웃는다

점심 먹으면서 8미터 철근 장대에 잇겠다고
4미터 소주를 맥주잔에 따른다
두 홉들이 소주 한 병이 철근 8미터여
그 말에 동의하는 나도 4미터 소주를 잇는다

철근과 이어진 소주는
어깨 위에서 부드러울 것이다
형님은 부드럽게 철근을 멘다

약력

주암국민학교 졸업
1982년부터 공사장에서 철근 일을 하고 있음
어딘가 보내야 할 원고 말미 약력을 이렇게 써놓고는
국민학교 문턱도 넘어보지 못한 누이가 있구나
슬그머니 학력을 지운다

폭염 속 고추밭에서 고추 따고 돌아와
쓰러져서 깨어나지 못한 여자 나이 쉰다섯
어쩌면 누이 나이 다섯 살 무렵일까
두레박 물을 길어 걸레를 빨고 청소를 하던
어린 소녀를 동편냥반 안채에서 보고는 했지
그러니 누이 평생 노동 아닌 날이 있었을까
35년 노동이 부끄러워 지운다

1957년 전남 승주 주암에서 태어남
그러고는 더 쓸 수가 없다

잘난 꽃

잘난사람들은난리때다산으로가부렀그만
글고난께세상에잘난것들암도없어야

저그 저 산
그 이쁜 사람들 다 디꼬 뭐슬 허고 이쓰끄나
니는 모구산도 가고 지리산도 가고
백아산 백운산도 간담서
그 잘난 사람들 뭐슬 허고 사는가 안 찾아봤냐

할머니
긍께 그 산에는
잘난 꽃들만 피었습디다

지리산 범꼬리

총 맞은 피투성이 그이 보듬고
토벌당한 바위굴보다 더 깊숙이
지리산 가슴 속으로 숨어들어간
호랭이 한 마리 있었다 하네

비호보다 더 빨리
지리산 백아산 백운산 날아다니던
빨치산 사내를 흠모하던
암호랭이

흔적도 기척도 없어 지리산 호랭이 끝났다드만
노고단
저 꼿꼿한 호랭이 꼬랑지들
호랭이 물어갈 놈의 세상
덮치고 내려올 기세

김용만

초가을 일기

아내가 좋다

위봉산

아침

치과

늘 그렇다

똥

사랑

초가을 일기

1

방 안에 들어온 여치를
창밖으로 날려 보냈다
파르르 날아가는
여치 속 날개가 이뻤다

2

벌써 들판 벼가 고개를 숙였다
논길을 가다
나도 따라 고개를 숙였다

3

빨래해서 널고
잠시 뒤돌아본다
맑은 햇살 속
허름한 내 생이 조촐하다

아내가 좋다

나는 아내가 좋다
왜냐면
나를 좋아하고
내가 사달라는 걸
잘 사주기 때문이다

또 몇십 날
헤어져 살아야 하지만
외로워도 이겨낼 것이다

왜냐면
난 다 큰 어른이고
또 만나면
혼자 사느라 애썼다고
맛있는 것을
많이 사줄 것이기 때문이다

위봉산

산그늘 끌어안은
어둔 산이 좋습니다

마당에서 바라보는
침묵이 좋습니다

하늘에 별을 두고
해와 달을 두고
그 산 아래 내가 있다는 것이
더욱 좋습니다

날마다 마주 보고
살아야 하는 것이
가슴 뛰게 좋습니다

아침

풀잎은 이슬 한 방울도 쉬 버리지 않습니다

치과

한 달 넘게 치과에 다닌다
세상 너무 어금니를 앙다물고 살았다

늘 그렇다

마당만 내려서면
모기들이 어느새 따라붙는다

귀신같다

귀찮아
손사래를 치며 욕을 했다

모기들이
더 달려들었다

욕을 한 내가 우습다

늘 그렇다

똥

한 달 넘게
입원하신 어머니
기저귀를 갈아드렸다

병원에 와보면 알지
거창할 것 하나 없는
먹고 싸는 것이 생이란 것을

이 여름
어머니 곁에서
먹는 법을 배운다
제대로 싸는 법을 배운다

사랑

요양병원만 가면
어머니와 나는 늘 가까워집니다
오랜만에 만나
반갑기도 하지만
어머님의 귀가 어둡기 때문입니다

두 귀로 들어도
모자라는 것이 있고
한쪽 귀로 듣고
한쪽으로 흘려버려야 할 것이 있기에

보청기를 권해보지만
나이 들면 세상사
귀를 닫아도 될 나이라고

어둔 귀 덕에
늘 우린 가깝게
터놓고 사랑합니다

김
명
환

김용만

불편한 인생

가끔 노세

아내 간병기

김용만

2017년 12월 24일
크레인에 올라
김해야구장
철망을 엮었다
내일이면 퇴직인데
왜 그리 바람 차던지

휴대폰 울려
두 겹 빨간 코팅 장갑 벗었다
지난주 검진받은 병원이다
암이란다

크레인 내려와
담배 한 대 피우고
야구장 두 바퀴 돌았다
죽어라고 일만 한 게 원통했다

다시 크레인에 올라
아내와 아이들과 어머니 얼굴 위에
철망을 엮었다

불편한 인생

나의 이름 불러줄
사람 없는데

그 어느 누군가의 이름
부르지 않는

내가 나를 불편하게 한다

가끔 노세

일과시 창간을 준비하며
출판사와 연락을 위해 이메일을 만들었다
아이디 workandpoem
그 메일이 내 메일이 됐다

30년 흐르고
죽어라 일만 하는 내가 억울해서
아이디를 바꾸기로 했다
nosenose

그런데 노세노세 하다가
목구멍에 거미줄 치면 어떡하나

아이디는 그냥 쓰기로 했다
일하고 시 쓰고
가끔 놀면 좋겠다

아내 간병기

평생 환자 돌보던 간호사 아내
환자 되어 누워 있다
오른쪽 무릎 골절이다

큰애는 학교 교회 알바로 바쁘고
작은애는 수험생이다

퇴근길 문자에 찍힌 대로
콩나물 두부 계란 육수용 멸치
감자 호박 대파 양파 청양고추를 산다

환자마님 오늘 하루 어떠셨나요
창문 열어 환기시키고
쌀 씻어 안친다

냄비 하나 콩나물 데치고
냄비 하나 된장 풀어 멸치육수 내고
감자 호박 대파 양파 청양고추
대강대강 썰어 넣고
쾅쾅쾅쾅 두부 썰어 넣으면
된장찌개 끝
프라이팬 식용유 두르고

계란 두 개 깬다

환자마님 시장하셨죠
앉은뱅이 밥상 대령한다

설거지 뚝딱 세탁기 돌리고
청소기 돌리고 걸레질은 내일로 미루고
빨래 널고 주저앉으니
파김치 큰애 온다 우리 딸 고생했다
수험생 작은애 온다 우리 아들 힘들지

돈 벌랴 집안일 하랴 환자 돌보랴
나도 고생했다 대충 씻는다
그걸 평생 한 환자마님 고생했다
대야에 물 받아 아내 발을 닦는다

〈일과시〉라는 제목의 조각보 작품을 본다

오 철 수 | 시인

　　반가운 이름들을 불러봅니다. 제 탓이기는 하지만 얼굴을 못 본 지 10년 이상 된 분들이 전부인 듯합니다. 얼굴이 떠오르지 않는 분도 있습니다. 이것만으로도 저는 발문을 써야 할 요건에 미달합니다. 그래서 투덜거립니다. 아 글쎄 용만이 형은 왜 갑자기 내 이름이 떠올라 말없이 사는 사람 말을 더 궁색하게 만드는지 모르겠네, 참! 형 부탁이니 못 쓴다고도 할 수 없고 내 처지가 쓴다고도 할 수 없어 그냥 '네– 네–' 한 것이 전부인데, 참!

　　난감합니다.

김명환 시인

　　그런데 이런 난감함에 대해 갑장 김명환 시인이 넌지시 한마디 합니다.

　　"나의 이름 불러줄/사람 없는데//그 어느 누군가의 이름/

부르지 않는//내가 나를 불편하게 한다"(「불편한 인생」 전문). 다시 말하면 이럴 겁니다. 철수야, 이렇게 인생 불편하게 만들지 말고 그냥 네가 먼저 누군가의 이름을 불러봐. 그러면 그가 너의 이름을 불러줄 거야. 그저 이름 부르는 것만으로도 편안해질 수 있는 인생도 살아봐. 물론 불편함도 인생에선 커다란 제 몫이 있는 것이겠지만!

그러면서 진짜 난감함이 무엇이고, 그때 어떻게 해야 하는지 보여주겠다고 합니다.

2017년 12월 24일
크레인에 올라
김해야구장
철망을 엮었다
내일이면 퇴직인데
왜 그리 바람 차던지

휴대폰 울려
두 겹 빨간 코팅 장갑 벗었다
지난주 검진받은 병원이다
암이란다

크레인 내려와
담배 한 대 피우고
야구장 두 바퀴 돌았다
죽어라고 일만 한 게 원통했다

다시 크레인에 올라
아내와 아이들과 어머니 얼굴 위에
철망을 엮었다

— 김명환, 「김용만」 전문

여기 황망한 사람이 있습니다. 평생을 성실하게 철(鐵)일 하면서 집안 건사하며 사람 구실 제대로 하고 사신 분입니다. 언제가 술 먹다가 덥다며 웃통을 벗었는데, 온몸이 온통 쇠에 긁히고 찢긴 상처투성이던 사람입니다. 그런 분이 퇴직 코앞에 두고 암 판정을 받습니다. 그것도 구세주가 오셨다고 놀면서 좋아하는 날, 그날까지 크레인에 올라 철망을 엮다가, 그것도 휴대폰으로 통보받은 것입니다. 그때 심정이 어땠을까? "죽어라고 일만 한 게 원통했다"고 합니다. 그런데 말입니다, 아무리 원통해도 우리 김용만 씨는 겨우 "크레인 내려와/담배 한 대 피우고/야구장 두 바퀴" 돌고, 일을 끝내려고 다시 크레인에 올라 철망을 엮습니다. 더 원통해 하려면 일 끝나고 해야 합니다. 평생 그렇게 살고 암 판정 받은 날도 그렇게 삽니다. 왜? 그게 일이고 삶이고 사람 구실이었기 때문입니다. 암 판정 전화를 받는 순간 이 사실이 섬뜩할 정도로 선명해진 것입니다. 그것을 김명환 시인은 "다시 크레인에 올라/아내와 아이들과 어머니 얼굴 위에/철망을 엮었다"고 표현합니다. 물론 그는 이전에도 철망을 엮었습니다. 하지만 암 판정 전화를 받고 철망을 엮을 때는 차이가 발생합니다. 겉보기에는 같은 행위이지만 다른 행위입니다(현학적으로 표현하자면 '흰 바탕 위에 흰 사각형'처럼). 그 차이를 굳이 분별하면 '일에 구속된 삶'에서 의지적으로 '삶으로 구속하는 일'이 됩니다. 그 차이에서 넘치는 어떤 변형 에너지가 방출됩니다. 물론 그 에너지가 어떤 식으로 물질화될지는 아무도 모릅니다. 하지만 분명한 것은 이제 어떻게 살아야 될 것인가와 그 에너지가 결합할 것입니다. 그 미지의 영역에 〈일과시〉 구성원으로서의 김명환 시인의 모습이 있겠지요.

서정홍 시인

그런데 제가 이렇게 말하면 또 한 명의 갑장인 서정홍 시인이 다시 한마디 할 겁니다.

뭘 그리 복잡하게 말해. 우리 동네 장수 할아버지 말씀하시길 "이놈들아, 보수고 진보고/주둥이만 살아서/쥐어뜯고 싸운다고 사람이 되겠냐?/땅에 발을 딛고/일을 해야 사람이 되지"(「장수 할아버지」 전문)라고 일갈하셨거든. 평생 일손 놓지 않은 용만이 형은 병치레도 사람의 일로 잘 할 수밖에 없을 거야. 몸 어느 구석 하나씩은 망가져버린 〈일과시〉 동인의 앞날도 그렇지 않겠어?

봐요, 용만이 형. 솔직히 말하건대 철수는 장수 할배 지당하신 분류법에 따르면 아직 사람이 안 된 종자란 말이오. 그러니 발문 쓸 사람 골라도 너무 잘못 골랐소, 내 참!

그러면 남에게 싫은 말 할 줄 모르는 서정홍 시인은 위로랍시고 다음 시를 읽어줄 겁니다.

소나무 숲에 사는 최영란 씨는 정상평 농부의 아내고 구륜이와 효준이 어머니고 가까운 이웃입니다.

바쁜 농사철에 잠시 들렀는데 새참이라도 드시고 가라며 붙잡습니다. 내일모레부터 장마가 온다는데, 새참 먹을 틈이 어디 있냐며 뿌리치는데도 자꾸만 붙잡습니다. 못 이기는 척 작업신을 벗고 집 안에 들어가 새참을 먹는 사이에, 최영란 씨는 땀 냄새 거름 냄새 가득 배인 내 작업신을 두 손으로 잡고 탁탁 털고 있습니다. 작업신 안에 들어 있던 마른 흙이며 풀이며 거름 가루가 막 쏟아져 나옵니다.

　　새참을 먹다가 나도 모르게 눈길이 멈추었습니다. 하찮은
　농부의 작업신을 두 손으로 잡고 깨끗하게 털어서 나란히
　놓는 그 손 위에, 잠시, 모든 시간이, 멈추었습니다.
— 서정홍, 「최영란 씨」 전문

　인간에 대한 예의는 실체적 인간과 인간 사이의 예절이 아니라 지금 이 관계이게 하는 관계적 인간에 대한 긍정입니다. 그렇기에 그 긍정은 뺄 것 빼고 좋은 것만 긍정하는 것과 달리 '아, 그게 당신입니다' 하는 전폭적인 긍정입니다. 여기서 관계가 깊어진다는 것은 그 관계로 생명적인 긍정의 힘이 더 많이 흘러간다는 것을 말합니다. "최영란 씨는 정상평 농부의 아내고 구륜이와 효준이 어머니고 가까운 이웃"이라는 관계 속에서 최영란 씨입니다. 내가 최영란 씨에 대해 아는 것은 그 관계의 총합에서이고, 최영란 씨 또한 나에 대해 그럴 것입니다. 그 관계적 인간에 대한 전폭적 긍정의 모습이 새참을 먹는 사이에 작업신을 털어주는 모습에서 드러납니다. 그것은 실체적 인간 사이의 예절을 넘어선 존재에 대한 전폭적 긍정으로의 인간에 대한 예의입니다. 그 손으로 한 생명에 대한 안위와 긍정이 흘러갑니다. 그래서 시인의 눈길이 "하찮은 농부의 작업신을 두 손으로 잡고 깨끗하게 털어서 나란히 놓는 그 손 위에, 잠시, 모든 시간이, 멈추"는 것입니다. 만약 인간에게 필요한 사상이 있다면 바로 그 손길 안에서 나와야 할 것입니다. 왜냐하면 그 지점이 시간이 멈추는(혹은 생성과 일체가 되는), 비유컨대 시간의 고향 같은 지점이기 때문입니다. 그렇기에 서정홍 시인은 온전한 삶에

놓인 듯합니다. "하찮은 농부"보다 더 근원적인 생명적 긍정의 세례를 받았으니 말입니다. 어쩌면 하찮은 저도 이 시를 통해 세례를 받고 있을지 모릅니다.

하지만 제가 무슨 말을 하더라도 서정홍 시인은 "지나가는 바람처럼/잠시, 아주 잠시/나를 찾아온 손님이라/잘 어르고 달래서 고이 보내야지"(「손님」에서)의 태도를 잃지 마시길 바랍니다.

김해화 시인

김해화 시인을 본 지 벌써 10년쯤 됐습니다. 시인이 한창 야생화를 찾아다닐 때 노동자문학회 글벗들 모임에서 만나 아침 산책 때 이런저런 이야길 나눴습니다. 이야기들은 기억나는 게 하나도 없는데 산속에서 야생화를 만났을 때의 마음을 설명하던 얼굴 표정은 잊을 수 없습니다. 30년도 더 된 인연의 시인 얼굴에서 가장 나이 어린 얼굴이었던 듯싶습니다. 그랬던 까닭을 오늘 시를 보며 알았습니다.

잘난사람들은난리때다산으로가부렀그만
글고난께세상에잘난것들암도없어야

저그 저 산
그 이쁜 사람들 다 디꼬 뭐슬 허고 이쓰끄나
니는 모구산도 가고 지리산도 가고
백아산 백운산도 간담서
그 잘난 사람들 뭐슬 허고 사는가 안 찾아봤냐

할머니

> 궁께 그 산에는
> 잘난 꽃들만 피었습디다
>
>   — 김해화, 「잘난 꽃」 전문

그 꽃들 전부를 그리움으로 가진 만남이니 그럴 만합니다. 그때 시인은, 일 없으면 무조건 산속으로 들어간다고 했습니다. 그 말의 의미를 다음 절창에서 새깁니다.

> 견디네
>
> 나자빠지겠는가
> 뒤집어지겠는가
> 고꾸라지겠는가
> 대성통곡을하겠는가
> 미쳐날뛰겠는가
>
> 녹슬면서
> 그러니그냥견디네
>
>   — 김해화, 「철근 토막처럼」 전문

가슴이 먹먹합니다. 물론 어떤 이는 이 시에서 완고한 철 지난 정치의식을 읽을 수도 있을 것입니다. 하지만 저는 이 시를 철근 일을 하다가 철근'처럼' 된 쇳소리로 듣지 않습니다. 그 상태는 아직 '이전의 인간'의 가치에 머물러 있는 의식의 소리이고, 수사적 직유법일 뿐입니다. 하지만 이 시에서 발화자는 인간에서 철근으로 변신(變身)된 '철근−인간'입니다. 철근으로 길러진 신체의 서정입니다. 철근이 경작(耕作)한 서정입니다. 나의 '인간적인 너무나 인간적인' 나약한 애호와 혐오로 철근에 빗대 이러쿵저러쿵하는 것이 아니라,

철근이라는 사물의 애호와 혐오가 나의 몸과 사상이 되게 하고, 그 애호와 혐오가 발화하게 하는 것입니다. 이런 인간의 변신 노력에 대해 니체는 이렇게 말했던 적이 있습니다. "(사람이 아니라) 사물이, 그것도 가능한 큰 규모의 참된 사물들이 우리를 소유하도록 놔두는 것이 중요하다. 그 다음에 어떤 일이 생겨나는지는 기다려볼 일이다. 우리는 사물들을 위한 경작지다. 우리에게서 존재의 이미지들이 자라나야 한다."("니체전집 12. 유고』 11[21]) 예를 들어 김해화 시인이 틈만 나면 산속으로 들어간 것은, 산에다가 자기 감정을 입히려고 했던 것(물론 처음에는 그랬을 수도 있을 것이지만)이 아니라 산의 감정을 자기화하기 위한 것(산을 다니다가 산에 의해 경작된 감정을 갖게 된 것)입니다. 그처럼 시인은 '철근─인간'의 사색 감정으로 목소릴 냅니다. "나자빠지겠는가/뒤집어지겠는가/고꾸라지겠는가/대성통곡을하겠는가/미쳐날뛰겠는가"는 인간의 자세이고 목소리들입니다. 하지만 '철근─인간'에겐 그런 자세와 목소리가 없습니다. 있다면 오직 "녹슬면서/그러니그냥견디네"입니다.

이처럼 〈일과시〉에는 일이 일궈낸 몸의 사색 감정이 있습니다. "철근과 이어진 소주는/어깨 위에서 부드러울 것이다/형님은 부드럽게 철근을 멘다"("최 씨 형님』에서)는 몸의 사색 감정의 시가 말입니다.

손상렬 시인

손 시인을 마지막으로 본 것이 가리봉동 구로노동자문학회 사무실이었던 것 같습니다. 10년이 훌쩍 지나 이렇게 시로 만나니 반갑습니다. 시를 보니 우선 어르신들 안부가 걱

정됩니다. 어느덧 〈일과시〉가 부모님 마지막을 돌봐야 하는 나이입니다. 많이 들여다봐야 하는데 그렇게 할 수 없어 하루하루가 가시방석입니다.

> 당신을 보면 미안합니다
> 당신이 아플 때 모른 체하고
> 내가 괴로울 때 알아주길 바란 것이 미안합니다
>
> 당신에게 미안합니다
> 당신이 외로울 때 따뜻한 말 한마디 건네지 못하고
> 마음만 미안하다고 말했던 그때가 그저 당연했다는 듯
> 지내온 날들이 미안합니다
>
> 당신이 그리워할 때
> 품을 떠나며 자유로웠노라 노래 부르고
> 당신이 보고파할 때
> 떨어져 사는 일이 당연하다고 위안하며
> 당신이 보듬은 진자리 누구나 하는 일이라 여기며
>
> 지난여름조차 기억하지 못하는 걸 비로소 알면서도
> 미안하다는 편지도
> 미안하다는 전화도
> 미안하다는 방문도 하지 못하고
> 가슴으로만 미안합니다를 되뇌
> 그래서 오늘이 더 가슴 미어지게 미안합니다
>   ─ 손상렬, 「변명」 전문

이렇게 부모님께 "미안합니다"를 반복하면서 일을 해도 노동력을 보존하기도 어려운 삶은 계속되고, 어쩌면 우리들은 부모님 살아 계신 동안 더 자주 "미안합니다"를 반복하

게 될 것입니다. 또 그런 사회구조를 어쩌지도 못하고 짊어지고 있음이 의식되면, 또 미안함의 증식으로 우리 삶이 유지되고 있음이 의식되면, 결국 지금 우리의 삶이란 것이 그 미안함의 양만큼 그러니까 부모님이 견디는 어려움만큼 주어진 것이라고 의식되면 더욱 고통스러운 마음이 될 것입니다. 그런데 정말 부모님의 그 견딤이 파국을 지나고 있습니다. 나는 여전히 "미안합니다"는 말밖에 할 수 없습니다. "그래서 오늘이 더 가슴 미어지게 미안합니다." 이렇게 되지 않으려고 노동자문학회 문을 열고 들어왔던 그 얼굴이 이제 그 미안함의 문을 열고 나가는 빛나는 얼굴이었으면 하는 바람입니다.

오진엽 시인

〈일과시〉 작품들을 통독하다가 문득 '〈일과시〉가 있기 위해서는 아내의 가사노동이 더 더해져야 하나 보다'는 생각을 합니다. 유독 아내 소재 시가 많아서인데, 오진엽 시인도 "내 시 한 줄마다/시답지 않은 남자를 데리고 사는/아내가 있다"(「나를 데리고 사는 여자」에서)고 고백합니다. 우리 노동사회가 여성의 가사노동과 농촌 부모의 노동을 식민지로 하여 유지되고 있는 터에 시까지 쓴다면 충분히 그럴 만도 하겠다고 고갤 끄덕이게 됩니다. 그래서 "두 사람이 주고받는 말을 들으면서/시 나부랭이나 쓴다고/거들먹거리며 돌아다닌 내 모습이/참 딱하게 보였다니까요"(서정홍, 「못난 시인」에서) 하는 말에도 고개 끄덕이게 합니다.

하지만 놀라운 것은 아내들이 그런 더 열악한 조건에 있기에 더 지혜로운 삶의 태도를 가지고 있다는 사실입니다.

한바탕 싸움 끝에
우리는 각방만 쓰는 게 아니라
며칠째 말도 섞지 않았다

먼저 말 걸면 지는 양
서로가 성문처럼 굳게 빗장 걸고
쉽게 끝나지 않을 싸움인데

끼니때 되면 어쩌자고
저 사람은 찌개를 안치고
밥을 차려 내놓는가

결국 염치없이 밥을 먹고
고무장갑 끼고 설거지통 앞에 섰으니
아내는 손에 피 한 방울 안 묻히고
물 베는 칼로 나를 제압했다

　　　　　　　　　　　　　　━ 오진엽, 「싸움의 고수」 전문

　물리적 힘으로 치면 남자가 우위입니다. 하지만 그 우위는 하위에 '의한', 하위에 의존한 우위입니다. 따라서 '우위'는 의존 관계가 더 많다는 것을 의미하고, 때문에 그 존재가 취약하고 불완전하다는 말이기도 합니다. 물론 부부관계를 이렇게 볼 문제는 아니지만 이런 상식적인 관계를 생각하지 않으면 우위에 있는 자의 자기 힘 제한이 사라지고 저 강도 폭력이 일상화될 수밖에 없습니다. 이 시도 사실은 그런 의존관계를 깨닫는 문제입니다. 이를 "끼니때 되면 어쩌자고/저 사람은 찌개를 안치고/밥을 차려 내놓는가//결국 염치없이 밥을 먹고/고무장갑 끼고 설거지통 앞에 섰으니"라고 표현합니다. 각방 쓰고 말도 하지 않습니다. 의존 관계가 높은

쪽이 훨씬 불편합니다. 며칠 지나면 그동안 '우위'를 위한 관계들이 형해화되고 아주 노골적인 "찌개를 안치고/밥을 차려 내놓는"만 남습니다. 우위라는 것이 불완전함의 증거로 보이는 순간이고, '염치없음'의 변형태임을 깨닫게 되는 순간입니다. 다시 한 번 말하지만 부부관계를 이런 힘 관계로 보는 것은 적당치 않습니다. 하지만 이런 관계를 백안시하며 인간의 도리니 사랑이니 하는 말로 뭉개버려서도 안 됩니다. 왜냐하면 그 순간에야 비로소 "아내는 손에 피 한 방울 안 묻히고/물 베는 칼로 나를 제압했다"는 부부관계의 진면목을 보기 때문입니다. 괜히 부드러운 것이 강한 것을 이기는 것이 아닙니다. 그래서 만약 우리 사회도 이를 알아 건강하고 좋은 관계의 지혜로 굴러간다면 얼마나 좋을까 싶습니다.

　오진엽 시인은 그에 대한 바람을 다음처럼 눈부신 형상으로 제공합니다.

　　흥정이 붙었다

　　홍시 세 개에
　　이천 원 달라는 노점 할머니

　　이천 원에
　　홍시 두 개만 달라는 아줌마

　　서로 팽팽하다
　　　　　　　　　　　— 오진엽, 「흥정」 전문

이한주 시인

　지하철이 멈춰서면 1호선 고객인 나는 구로역을 지나며 이한주 시인 얼굴을 떠올렸습니다. 이 친구 또 길거리를 헤매며 목이 쉬겠구나. 꼭 이겨야 할 텐데. 그런데 오늘 시를 읽다보니 20년 전동차 차장을 하다가 쫓겨 오산역으로 갔나 봅니다. 그냥 궁금해서 오산역을 검색하고 주변 풍경 사진을 봤습니다. 이한주 시인과 그 풍경이 어울리는 듯도 합니다. 하지만 보직도 변경됐을 것이니 이젠 파업 끝나고 돌아와 "두어 달 만이니 적응할 시간을 달라고/투정도 하고 하소연도 하고 협박도 하면서/웅크린 마음 펴질 시간이 필요했는데/빌어먹을/덜컹이는 운전실/벗어나고만 싶었던 그놈의 운전실을/성격 급한/몸이 먼저 자리 잡고 앉는다"(「몸이 기억하고 있다」에서)와 같은 시는 못 볼 것 같아 안타깝습니다.

　그래서 '전동차─한주'의 서정에 새삼스럽게 눈이 머뭅니다.

　　　　20년 넘게 차를 타면서
　　　　수천 번 수만 번
　　　　전동차 출입문을 열면서
　　　　내리실 문이 왼쪽인, 화서역
　　　　나는 그 오른쪽 풍경을 모른다

　　　　성균관대역을 지나면
　　　　오감이 먼저 왼쪽으로 기울어
　　　　모두들 타고 내릴 때까지
　　　　9-3 출입문 쪽 삐뚤게 걸린 현수막까지
　　　　별걸 다 참견하면서도
　　　　고개만 돌리면 볼 수 있는

화서역 오른쪽 풍경을 나는 모른다

전동차 차장인 내게
화서역 오른쪽은 금단의 구역
눈길을 주다가
잘못 오른쪽 문을 열면
안전판이 없는 그곳은 낭떠러지

화서역 오른쪽에도
가지 많은 나무 바람 잘 날 없겠지
세 번째 나무에 집을 짓는 새는 없더라도
그래도 그곳에 개나리는 피겠지
봄은 오겠지

— 이한주, 「외눈박이」 전문

'이한주'가 아니고 '전동차—한주'이기에 화서역 오른쪽에 대해 모릅니다. 문이 왼쪽으로 열리기에 오른쪽을 보지 못합니다. 몇 초 고개를 돌리면 볼 수 있는데도 안전사고를 염려하는 그대는 보지 못합니다. 외눈박이입니다. 이념이나 사랑에 눈멀어 외눈박이가 된 것이 아니라 '전동차—한주'이기에 외눈박이가 된 것입니다. 그 외눈은 왼쪽 "9—3 출입문쪽 삐뚤게 걸린 현수막까지/별걸 다 참견하면서도" 그 반대편에 대해서는 먼눈이 되어 "화서역 오른쪽에도/가지 많은 나무 바람 잘 날 없겠지/세 번째 나무에 집을 짓는 새는 없더라도/그래도 그곳에 개나리는 피겠지/봄은 오겠지" 상상합니다. 그래서 보시다시피 이한주 시인의 서정은 단순합니다. 요사스러울 정도로 가슴속 미궁을 헤집고 다니는 서정의 시대에 어울리지 않을 수 있습니다. 하지만 거꾸로 생각하면 외눌일 수 있는 것은 오히려 능력일 수 있고, 그 능력에 의한 서정의 단순함은 힘일 수 있습니다. 그런데 도대체 무엇을 위한 능력입니까? '전동차—사람들'을 안전하게 할 수 있는 능력입니다. 시인은 그를 위해, 스스로 그 목적에 구속되고, 본능적 기능처럼 단순화되고, 하여 단순한 서정의 힘이 된 것입니다. 안전한 운송이라는 가치를 생산하는, 그렇기에 복잡해져서는 안 되는 힘으로서의 단순한 서정 말입니다.

이는 〈일과시〉의 거의 모든 작품에 해당하는 서정의 특이성입니다.

조호진 시인

날 왜 버렸냐고
버릴 거면 왜 낳았냐고
이대로 놔두란 말이에요
이렇게 살다 죽을 거예요

보호시설 탈출했다가
보호관찰 대상이 된 소년
5호 처분 보호소년이 운다

너무 일찍 떠나버려
기억도 안 나는 엄마
자식 곁엔 일할 곳 없어
객지 공사판 떠도는 아빠

엄마 아빠가 해준 게 뭐야
내 몸 맘대로 굴리겠다며
성매매하다 소년원 간 누나

다 지우고
다 미워하고
다 그리워하다 잠든 밤
　　　　　　　　　— 조호진, 「소년의 눈물」 전문

　이 시를 비롯해 조호진 시인의 시를 읽으며 생각합니다. 이런 세상이 있구나! 하지만 이 말은 고쳐져야 합니다. 왜냐하면 우린 이런 세상이 있다는 것을 어떤 식으로든 이미 알고 있기 때문입니다. 살기 좋은 세상이 되었다고 해도 자본의 저강도 전쟁은 계속되고, 전쟁의 피해자들인 아이와 여성과 노인들과 밀려난 사람들은 계속 생겨납니다.

　그런데 왜 그들이 잘 안 보였던 것일까요?

　이에 대한 답은 간단합니다. '네가 그들로부터 멀어졌기 때문!'입니다.

　용만이 형, 이것이 내가 〈일과시〉 발문을 쓰지 않아야 하는 이유입니다. 그런데도 제가 계속 글을 쓰는 이유는 '멀어진 것에 대한 벌'이라고 생각하기 때문입니다. 지금도 저는 조호진 시를 통해 '사회적 가정의 아버지 역할'을 생각합니다. 그들을 품고 있는 그 마음은 얼마나 아프고 고될까!

너흰
집도 있고
부모도 있고
뭐든 다 있지만
난 혼자란 말이야

있긴 있었지
버리고 간 엄마와

술 취하면 때리는 아빠

너흰
학교와 학원
선생도 있고
뭐든 다 있지만
난 아무것도 없어

있긴 있었지
사고뭉치라고 쫓아낸 학교와
골통이라면서 외면한 선생이

세상엔
집도 많고
돈이든 음식이든
무엇이든 넘치지만
나에겐 그림의 떡이야

있긴 있어
버려진 거리에서
추위에 혼자 떠는 내가
쫄쫄 굶고 앵벌이 하는 내가

왜 삥 뜯었냐고?
왜 나쁜 짓 했냐고?

손 벌리면 손만 추워서
쪽팔려도 배만 고파서
가진 돈 좀 달라고 한 거야
　　　　　── 조호진, 「거리 소년─톨스토이 풍으로」 전문

우리가 누리고 있는 물질적 풍요와 문화의 변방 혹은 틈에 이 아이들이 있습니다. 아니 어쩌면 '너는 저런 아이들과 놀면 안 돼'라고 우리가 쳐놓은 방벽 밑에 이 아이들이 있습니다. 당장 밥과 옷과 잠자리가 필요한 아이들입니다. 우리 몸 어디 한 군데가 아프면 우리 몸은 그 아픔을 중심으로 굴러갑니다. 이것이 건강한 유기체의 정상적 모습입니다. 하지만 지금의 우리 사회가 그런지는 정말 의문입니다. 그래서 조호진 시인은 말합니다. "급식 밥이 떨어졌으니/그만 돌아가라는 말에/끊긴 줄에서 오도 가도 못한 채/급식 창구를 째려본 적 있나요//그런 적 없으면/서러운 밥에 대해/누추한 목숨에 대해/왈가왈부하지 마십시오"(「무료 급식소에서」에서).

그래서 저도 입을 닫습니다.

김용만 시인

아, 입 닥치고 마지막으로 용만 형 시를 오랜만에 읽습니다. 페이스북에 올린 사진과 글을 통해 근황은 접합니다. 평생 일하고 산 바지런한 손이어선지 주변 모든 것이 솜씨 좋게 정돈되어 보는 것만으로도 기분 좋습니다. 그렇듯 암 판정 받고 "죽어라고 일만 한 게 원통했다"(김명환, 「김용만」에서)던 마음밭도 간결하게 정돈된 듯한 시를 읽어 더 좋습니다. 그래서 어떤 것이 간결해진다는 것은 무얼까 생각해봅니다. 평생을 이 일 저 일 찝쩍거리며 산 제 회한 섞인 짧은 생각일 테지만, 간결해진다는 것은 지금 여기에서의 삶을 위한 필요가 명료해졌다는 것입니다. 그래서 "병원에 와보면 알지/거창할 것 하나 없는/먹고 싸는 깃이 생이란 것을//이 여름/

어머니 곁에서/먹는 법을 배운다/제대로 싸는 법을 배운다"(「똥」에서)는 말이 허투루 들리지 않습니다. 다음으로는 그 필요를 이루기 위한 생명적 반복을 삶의 리듬으로 갖고, 더하여 자연과 공진한다면 제대로 간결해질 수밖에 없을 것입니다. 그래서 "하늘에 별을 두고/해와 달을 두고/그 산 아래 내가 있다는 것이/더욱 좋습니다//날마다 마주 보고/살아야 하는 것이/가슴 뛰게 좋습니다"(「위봉산」에서)는 말이 스스로 그러한 삶에 닿은 듯 느껴지기도 합니다.

　어쨌든 그런 간결해진 생각과 삶이 한 존재의 긍정적 생명의 힘을 회복케 합니다.

　　　마당만 내려서면
　　　모기들이 어느새 따라붙는다

　　　귀신같다

　　　귀찮아
　　　손사래를 치며 욕을 했다

　　　모기들이
　　　더 달려들었다

　　　욕을 한 내가 우습다

　　　늘 그렇다

　　　　　　　　　　　　　— 김용만, 「늘 그렇다」 전문

　"늘 그렇다"의 이 상황을 "나를 좋아하고/내가 사달라는 걸/잘 사주"시는(「아내가 좋다」에서) 보살님이 보신다면 뭐라 했을까요? '다들 열심히 사는군.'이라 말하지 않았을까요? 그래서 시인도 "욕을 한 내가 우습다"고 한 것일 테고요. 시인은 지금 이전의 삶과 달리 자연함을 넘어서지 않으려고 노력합니다. 모기가 달려들면 손사래를 치며 욕까지 할 수는 있더라도, 거기에서 더 부정의 마음을 일으켜 복잡해지지 않고 자연함의 관계로 되돌아가고자 하는 것입니다. 욕을 하지 않고 달려드는 모기를 그저 손사래로 날리며 일보러 가는 그런 미지의 자기에게로 가고자 하는 것입니다. 그게 잘되지 않아 "늘 그렇다"이기도 하지만, "늘 그렇다"가 의식되었다는 점에서 이미 생명적 긍정의 힘이 부드럽게 넘칩니다. 이게 김용만 시인 서정의 윤택인 듯합니다.

송경동 시인

휴―이제 다 썼구나. 그런데 〈일과시〉 시인들의 16개 겹눈으로 우리가 사는 이 세상을 보면 어떤 모습일까? 그들이 이겨내고 싶어 하는 현실을 조각보처럼 이어붙인다면 그 작품의 제목은 '망할 놈의 세상'이 되겠구나. 또 그들의 바람이 깃든 형상을 조각보로 만든다면 그 작품의 제목은 '일과 사랑과 웃음이 있는 세상'이 되겠구나. 그리고 만약 한 사람이 이 16개의 눈으로 볼 수 있다면 우리는 좀 더 장엄한 서정을 가질 수 있겠구나. 〈일과시〉 동인시집은 이런 시선을 꿈꾸게 하는 것만으로 큰일을 하는 것이겠구나.

이런 생각을 하는데 이한주 시인이 송경동 시인 작품을 보냈다는 문자가 왔습니다. 더 읽고 써야 한다는 것에 우선 신경질이 났습니다. 그런데 신경질 내지 말라고 이미 한주 시인이 이런 시를 써놨습니다. "3년 만에/남들 다 쉰다는/토요

일 만나는데도/오전 열 시도 아니고/오후 다섯 시도 안 되고/끝내 자정을 넘기고서도/다 모이지 못하는 일과시/30년 쉬지 않고 몸을 팔아도/단 하루를 온전히 사지 못해/노동이 시가 되지 못하고/시가 혁명이 되지 못하는 시대"(「일과시 2-9집, 합천」에서)라고. 사람 모이는데도 이러니 그 사람이 시로 변해 모이는 일은 더 어렵겠지요. 하지만 제게 송경동 시인은 반가운 면이 더 많고 큽니다. 오래전 일이지만 금정에 있던 제 작업실을 구로동 노동자문학회 사무실 옆방으로 옮길 때 송 시인이 애썼습니다. 옮기고서 가끔씩 얼굴을 보며 점점 귀하게 생각하게 되었습니다.

귀하게 보게 된 제 나름의 사정은 참 유치합니다. 한 시절 노동자민중문학론의 거의 모든 형태가 당 문학을 염두에 둔 것이었는데, 제가 살아온 바로는 적당할까 의심되었습니다. 물론 저는 큰 그림을 그릴 능력이 되지 않아 그저 제 그릇에 맞게 작더라도 싸움의 현장인 전선을 중시하고, 그런 전선이 발전하고 묶이는 '전선문학론'이 적절하다고 생각했습니다. 물론 그런 생각도 슬슬 시들해지던 때입니다. 그러니 온갖 싸움의 현장을 쫓아다니던 송 시인을 가끔이라도 보며 술을 마실 수 있었던 것은 행운이었습니다. 이번에 쓰인 시에서도 그는 근자에 형성된 싸움 현장을 "아직도 촛불항쟁은 끝나지 않아/사회의 모든 곳에서 적폐와 싸우는 이들이 있다/언론의 공공성을 위해/교사 공무원의 온전한 노동 3권 쟁취를 위해/청정승가 구현 블랙리스트 진상 규명/비정규직 철폐를 위해/사드 배치 철회 핵발전소 건설 중단 평화협정 체결/양심수 석방 정치사상 표현의 자유 쟁취/공안기구 해체 생태사회 건설 여성해방 소수자 인권 보장/사회의 모든 곳에 도사렸던/차별과 독점과 부패와 비리와 특권과 폭력과 탄압에 맞서/모든 지역과 부문과 생활 속에서/구시대를 쫓는 항쟁이 이어지고 있다"(「광장은 열려 있다」에서)고 말합니다. 하지만 저는 그런 전선들이 발전하고 묶이는지 알지 못하는 삶을 삽니다. 그게 송 시인에게 미안할 따름입니다.

귀하게 보게 된 두 번째 이유는, 싸움 속에서 그의 사랑의 능력이 커지고 있음을 느낀 것입니다. 그는 크고 작은 삶의 전선에서 깨지고 승리하며 자기를 포함해 새로운 인간들이 탄생하고 있음을 목격합니다. 물론 많은 싸움이 패배로 끝나고 가슴 아프게도 주역들이 파괴됩니다. 이번 시에서도 그 비극적인 모습을 다음처럼 진술합니다. "만성혈전증 하혈을 자주 해/아이들용 기저귀를 차고/노점 일을 한다고 했다/몇 년째 빠진 앞니 자리를 채울 돈이 없었다//오후 9시 반까지는 하루치라도 내야/여관 달방에서 쫓겨나지 않는다고/여관 주인 핸드폰을 빌려/돈을 조금만 부쳐달라는 전화가/마지막이었다고 했다. 밤 11시 경찰이 출동해보니/여관방에서 피를 쏟은 채 쓰러져 있었다. 혁이였다/용산 참사 현장에서 함께 살고/강남성모병원 비정규직 투쟁/KTX 여승무원 투쟁/비정규직 철폐 전국 자전거 행진도 함께했던 씩씩하던 이/2009년 시청 앞에 맨 처음으로 노무현 분향소를 차리고/시민 상주 역할도 했던 이/혁이도 마석모란공원 납골당에 안치되었다"(「오늘 난 편지를 써야겠어 전화카드도 사야겠어」에서). 이 세상을 온몸으로 사랑했던 자의 이 쓸쓸한 죽음! 하지만 사랑할 줄 아는 자로 거듭나고 있는 중인 송경동 시인은 거기에서도 다시 길을 만들 것입니다. 실제로 그는 "그 모든 불의와 차별과 배제 앞에서도/오늘도 끝내 희망을 버리지 않고 묵묵히 살아가는/우리 모두가/진짜 양심수"(「당신이 양심수」에서)라고 부르고 새롭게 불러냅니다. 제가 만나본 어떤 시인보다 예민했던 송경동 시인의 사랑의 능력은 지금도 커지고 있는 중인 듯싶습니다.

하지만 이게 어디 송경동 시인의 이야기이기만 하겠습니까. 제가 만났던 〈일과시〉 동인 모두의 삶과 미학의 구조일 겁니다. 그 구조에 핀 멋진 꽃들이 〈일과시〉라는 제목을 가진 조각보 작품이길 바랍니다.

1집 『햇살은 누구에게나 따스히 내리지 않았다』, 과학과사상, 1993.
　　참여 동인 : 김용만, 김해화, 김기홍, 서정홍, 김명환, 조태진,
　　서해남, 손상렬

2집 『아득한 밥의 쓰라림』, 지평, 1995.
　　참여 동인 : 이한주, 손상렬, 조태진, 서정홍, 김기홍, 김해화,
　　김용만

3집 『비오는 날 소주를 마시다』, 시와사람, 1997.
　　참여 동인 : 김기홍, 김명환, 김용만, 김해화, 서정홍, 손상렬,
　　이한주, 조태진

4집 『사람이 그리운 날』, 갈무리, 1998.
　　참여 동인 : 김용만, 김해화, 김기홍, 문영규, 서정홍, 손상렬,
　　이한주, 오도엽

5집 『한 노동자가 위험하다』, 갈무리, 1999.
　　참여 동인 : 김기홍, 김명환, 김용만, 김해화, 서정홍, 손상렬,
　　손현수, 오도엽, 이한주, 조태진

6집 『연둣빛 새순』, 갈무리, 2001.
　　참여 동인 : 김기홍, 김해자, 김해화, 문영규, 서정홍, 손상렬,
　　송경동, 이한주, 조태진

7집 『아직은 저항의 나이』, 삶이보이는창, 2002.
　　　참여 동인 : 문동만, 조태진, 오도엽, 송경동, 손상렬, 서정홍,
　　　김해화, 김해자, 김용만, 김기홍

8집 『저 많은 꽃등들』, 삶이보이는창, 2005.
　　　참여 동인 : 이한주, 송경동, 김용만, 문영규, 서정홍, 손상렬,
　　　문동만, 오도엽, 김기홍, 김명환, 김해자, 김해화, 조태진
　　　초대시 : 이필, 임성용, 김사이

'일과시 20주년 기념 시선집' 『못난 시인』, 실천문학사, 2014.
　　　참여 동인 : 김명환, 김용만, 김해자, 김해화, 문동만, 서정홍,
　　　손상렬, 송경동, 이한주, 조태진

조호진 1959년 서울 영등포에서 태어났다. 선원과 잡부, 프레스공으로 일하다가 전남 지역에서 기자 생활 후 『오마이뉴스』(2002년~2007년) 사회부 기자로 일했다. 퇴사 후 가리봉에서 이주민·다문화 지원운동. 연쇄방화범 다문화 소년을 돕다가 '위기청소년의 좋은 친구 어게인'을 창립하고 부천 지역에서 활동했다.

카카오 스토리펀딩 '소년의 눈물'(2015년), '소년이 희망이다'(2016년) 연재로 기금을 마련해 〈소년희망공장〉을, '희망의 한판승'(2018년) 연재로 기금을 마련해 〈소년희망센터〉를 건립했다. '역사 독립군 임종국'(2016년) 스토리펀딩으로 재야사학자 임종국 조형물 건립 기금도 마련했다.

1989년 『노동해방문학』 창간호에 조태진(아명)으로 작품 활동을 시작했다. 시집으로 『우린 식구다』 『소년원의 봄』, 일과 시 동인지 『못난 시인』, 에세이집으로 『소년의 눈물』이 있다.

이한주 1965년 서울에서 태어났다. 1992년 윤상원문학상을 수상하면서 작품 활동을 시작했다. 시집으로 『평화시장』 『비로소 웃다』, 시산문집으로 『너희들 키만큼 내 마음도 자랐을까』가 있다. 현재 전동차 1호선 승무원으로 일하고 있다.

오진엽 1969년 전북 전주에서 태어났다. 2005년 제14회 전태일문학상을 수상하면서 작품 활동을 시작했다. 시집으로 『아내의 시』가 있다. 현재 전동차 1호선 승무원으로 일하고 있다.

송경동 1967년 전남 벌교에서 태어났다. 배관공 등으로 일했고, 1992년 구로노동자문학회『삶글』을 통해 작품 활동을 시작했다. 시집으로『꿀잠』『사소한 물음들에 답함』『나는 한국인이 아니다』가 있고, 산문집으로『꿈꾸는 자, 잡혀간다』가 있다.

손상렬 1964년 원주에서 태어났다. 노동 현장에서 일하다가 지금은 책 만드는 일을 하고 있다. 1991년 노동시선집『통제구역』에 연작시「치악산」을 발표하면서 작품 활동을 시작했다. 시집으로『자오선을 지나다』를 비롯해 여러 편의 동화, 청소년 경제서가 있다.

서정홍 1958년 마산에서 태어났다. 1992년 제4회 전태일문학상을 받았다. 시집으로『58년 개띠』『아내에게 미안하다』『내가 가장 착해질 때』『밥 한 숟가락에 기대어』『못난 꿈이 한데 모여』, 청소년시집으로『감자가 맛있는 까닭』, 동시집으로『윗몸일으키기』『우리 집 밥상』『닳지 않는 손』『나는 못난이』『주인공이 무어, 따로 있나』『맛있는 잔소리』, 자녀 교육 이야기『아무리 바빠도 아버지 노릇은 해야지요』, 산문집으로『농부 시인의 행복론』『부끄럽지 않은 밥상』, 시 감상집『시의 숲에서 길을 찾다』『윤동주 시집』, 그림책으로『마지막 뉴스』, 도감으로『농부가 심은 희망 씨앗』이 있다. 우리나라 좋은 동시 문학상, 서덕출문학상을 받았으며, 지금은 황매산 기슭에 '열매지기공동체'와 청소년과 함께하는 '담쟁이 인문학교'를 열어 이웃과 아이들과 함께 배우고 깨달으며 살아가고 있다.

김해화 1957년 전라남도 승주군 주암면에서 태어났다. 1984년 실천
      문학사의 14인 신인작품집『시여 무기여』를 통해 작품 활동
      을 시작했다. 시집으로『인부수첩』『우리들의 사랑가』『누워
      서 부르는 사랑노래』『김해화의 꽃편지』가 있다. 현재 건설노
      동자로 일하면서 민족작가연합 상임대표를 맡고 있다.

김용만 전북 임실에서 태어났다. 1987년『실천문학』으로 작품 활동
      을 시작했다.

김명환 1959년 서울에서 태어났다. 1984년 실천문학사의 신인작품
      집『시여 무기여』에 시「봄」 등을 발표하며 작품 활동을 시작
      했다. 1989년『노동해방문학』 문예창작부장, 2000년 '철도노
      조 전면적 직선제 쟁취를 위한 공동투쟁본부' 기관지『바꿔
      야 산다』 편집장, 2007년 철도노조 기관지『철도노동자』 편집
      주간으로 활동했다. 같은 제목의 시집과 산문집『젊은 날의
      시인에게』가 있다.